당신을 기다리고 있습니다

당신을 기다리고 있습니다

용혜원 시 | 최지윤 그림

나무생각

이 시집은 제 65번째 시집이다.
세월은 흘러가도 살아 있는 것들은
자라나고 행동한다.
나는 살아 있다. 그래서 시를 쓴다.
나의 삶에서 가장 행복한 시간 중 하나는
시를 쓰는 때이다.
출판사 분들과 독자들에게 항상 감사를 드린다.

일산에서 용혜원

차 례

책 머리에 5

1부

너를 만나는 동안에는

그대를 만나서 행복합니다 12

초록이 물드는 봄날에는 15

고마운 사람 16

봄 편지 18

짝사랑 20

보물찾기 21

오늘 23

너를 만나는 동안에는 24

이 화창한 봄날 26

너의 기억 창고에 사랑으로 남고 싶다 28

알전구 30

지독한 사랑 31

아주 가난한 사랑일지라도 33

그리움이 구름까지 가닿아도 34

너의 모든 것이 좋다 37

2부

사랑한다
말하지만

사랑한다 말하지만 40

낯선 바람 43

떠나가면서 남긴 말 46

한순간 48

바람이 남긴 것 51

시련의 늪 52

어떤 날 54

고독한 날에 마시는 커피 56

한여름 58

서러움 60

바다를 바라보며 63

아주 작은 흔들림에도 64

술 먹는 남자 65

설움이 가득한 날 67

한밤중에 내리는 비 70

기다림이 없었다면 72

고독 75

공포 76

허무 78

3부

당신을 기다리고 있습니다

미련 82

나는 행복한 꿈에 빠져든다 84

당신을 기다리고 있습니다 86

궁상 떨기 89

홀로 남아 있던 날 90

환상 93

담배 피우는 여자 94

가을 소식 97

가을이 만드는 풍경 98

오랜만입니다 99

여물지 못한 사랑 102

행복하기를 바라는 마음 104

추억거리 107

내 마음의 공간 공간마다 109

그래 살자 살아 보자 112

보름달 114

4부

당신이 있어
행복합니다

그냥 그렇게 살아가는 거야 118

추억 120

들꽃이 되어 살다가 122

맨발이 되면 123

사람 사는 거 다 그런 거야 126

희망을 가져라 129

당신이 있어 행복합니다 131

죽음 135

어떤 친구 136

다섯 손가락 138

참 고맙습니다 140

1부

너를 만나는
동안에는

그대를 만나서 행복합니다

그대를 만나서
고달프기만 하던 내 삶이
심장이 폴짝폴짝 뛰도록 즐겁습니다

그대를 만나서
두 손 꼭 쥐고 다짐하고 싶어
날마다 새록새록 새롭고 행복합니다

그대를 만나서
우울한 분위기에 사로잡히지 않아
웃음보가 터지도록 즐겁고 기쁩니다

그대를 만나서
눈물이 흥건하게 고였던
아픔의 세월도 다 떨쳐 버려
마음이 맑아지고 행복이 가득해집니다

애정 결핍으로 궁색하게 만들었던
모든 것들을 다 쪼개 버리고
이런 말을 하며

이런 말을 들으며
살아가고 싶습니다

"그대를 만나서 행복합니다!"

초록이 물드는 봄날에는

산꼭대기에서
산 끝자락까지
연초록 물감이 몽글몽글하게
번지는 봄날

초록빛 산을
바라보고 있으면
눈이 맑아지고
마음이 썩 괜찮아진다

거칠고 메마른 삶에서 만난
기분이 좋도록
햇살이 온 땅에
가득한 봄날

숲 속에서 발을 뺄 수가 없어
초록을 끊임없이 칭송하며
산길을 끝없이 걸어 들어간다

고마운 사람

살다가 만난 사람들 중에
마음을 활짝 열고 반겨 주는
눈물이 나도록 고마운 사람들이 있습니다

가슴에 피멍울 지도록 힘겨울 때
속 깊은 마음으로 위로해 주고
함께 해주어 정말 고마웠습니다

모든 것이 다 망가져 콱콱 숨이 막힐 때
넓은 도량으로 격려해 주고
힘이 되어 주어 정말 고마웠습니다

삶에 균열이 생기고 포기하고 싶도록 고독할 때
따뜻하게 나의 입장을 옹호해 주고
친구가 되어 주어 정말 고마웠습니다

바삭바삭 마음조차 말라 버려 아플 때
찾아와 외로움을 달래 주고
위로해 주어 정말 고마웠습니다

세상은 고마운 사람들이 있어
행복한 세상입니다
살맛 나는 세상입니다

봄 편지

봄 편지가
소식 가득 담고 도착했다

봄은 온순하게 찾아와
마음에 정겨움을 전한다

바람이 천지 사방에 불며
봄이 왔다고
소식을 전하고 있다

강물이 흘러가며
봄소식을 전하면
온 땅에 꽃들이 만발할 것이다

짝사랑

알까 모를까
들킬까 말까

긴장 속에
늘 아슬아슬한
외줄 타기다

타오르다 말고
씁쓸하게 커져 버리면
더 아리고 슬프게
사라지는 물거품이다

사랑하지 못해 튕겨 나온
절망이 눈물이 되었다

보물찾기

내가 이 세상에서 찾은

최고 보물은

바로 당신입니다

오늘

오늘이
그대를 만나는 날이라면
나는
이 지상에서
가장 복 받은 사람입니다

너를 만나는 동안에는

너를 만나는 동안에는
내 가슴을 출렁이게 하는
따뜻한 촉감을 느낄 수 있다

나를 늘 돋보이게 만들어 주던 네가
떠나 버릴까 순간순간
불길한 생각에 흔들릴 때마다
사라지는 삶의 시간들이 안타깝다

너를 만나는 동안에는
이 순간이 사라지면
다시는 사랑할 수 없을 것만 같아
눈짓 하나 몸짓 하나에도
다 무너져 내려 뒹굴고 싶도록
온 마음이 침울하다

따사로운 눈빛이 행복하기에
이별할 시간조차 잊어 버리고
여운이라도 남아 있도록
미치도록 미치도록 사랑하고 싶다

이 화창한 봄날

그 누구도 가만히 잡아두지 못할
화냥기 가득한 유혹이
가슴에 불붙여 흥분이 샘솟듯 하는데
나를 어쩌란 말이냐

노골적인 추파를 던져 넋을 잃게 하는
수작에 놀아나기 싫은데
자꾸만 흔들려 뛰쳐나가고 싶은데
나를 어쩌란 말이냐

이 화창한 봄날
정신을 쏙 뽑아 놓은 듯
끈 풀어진 듯 나긋나긋 달아올라
완벽한 화음을 만들어 놓고 싶은데
나를 어쩌란 말이냐

진하고 진한 바람기에 붙잡혀
가만히 두 눈 꼭 감고 홀딱 넘어가
넋을 잃은 듯 껴안고 껴안아
살과 살갗이 맞닿은 욕망의 매듭을 풀어

환장하도록 꽃 피우고 싶은데
나를 어쩌란 말이냐

너의 기억 창고에 사랑으로 남고 싶다

너의 기억 창고에
사랑으로 남고 싶다

만남 속에 흐르는 시간들이
다시 돌아오지 않는다는 것을
일찌감치 깨달았다

언젠가 떠나갈 것을 알기에
아쉽고 안타까워
야위고 쇠약해졌다

시간이 흐른 후에
홀로 남아도 후회하지 않을
아름다운 순간을 만들고 싶다

이 순간만큼은 행복하기에
머릿속을 떠도는
잡된 생각은 다 잊고 싶다

네가 살고 있는 세상에

살고 있다는 것만으로도 존재할 수 있다

삶이란 아름다운 추억들을
기억 속에 남겨 놓는 것이다

알전구

알몸이 눈부시도록
부릅뜬 눈으로
빛을 발하는 것은
속내까지
다 보여 주고 싶다

지독한 사랑

한순간
너무나 사랑스러워
마음과 눈길을 옭아매듯
휘감고 확 끌어당겨
흠뻑 빠져든다

사랑할 때는
무한한 감흥으로 모든 것이
사랑 노래로 들리더니

이별할 때는
슬픔의 밑바닥조차
삼킬 수 없도록 모든 것이
떠나는 바람 소리다

지독한 사랑이 남겨 놓은
뚜렷한 흔적을 지울 수 없도록
빠져드는 순간만큼은
온 가슴이 저리도록 행복하다

아주 가난한 사랑일지라도

아주 가난한 사랑일지라도
눈물 나게 지치고 힘들어도
마음 놓고 사랑하고 싶다

그리움을 덥혀 놓으면
가슴마저 뜨거워져
손끝만 살짝 스쳐도
따뜻하게 보듬어 안고 싶다

상처받은 마음 한 귀퉁이
괴로워하거나 슬퍼만 하지 말고
마음의 행간에 묶어 놓은
엉킨 줄을 풀어내어야 한다

늘 겉돌기만 해 그리움에 젖어 있던
마음의 얼룩을 지워 버리고
앞서거니, 뒤서거니 하면서
슬퍼할 이유가 없도록
등이라도 다독거리며 사랑하고 싶다

그리움이 구름까지 가닿아도

그리움이 구름까지 가닿아도
입술로는 고백할 수 없는
사랑한다는 말이 목청 깊숙이 쌓였다

멋을 연출할 줄 알고
춤추듯 걷는 가벼운 발걸음을 보며
한순간에 홀딱 반해
허기진 갈증에 심장이 뜀박질한다

모든 것을 다 녹일 듯 강렬하고
뜨거운 눈빛을 바라만 보아도
행복한 웃음이 봇물처럼 터져 나왔다

네 마음이 옮겨갈 때마다
낚시에 걸려든 것을 눈치 챘지만
마음속으로 숨어들고 싶다

따뜻한 눈빛을 바라보고 있으면
고독의 끔찍한 허전함을 걷어내고
텅 빈 외로움을 가슴에 적어 놓고 싶다

칼로 에이는 듯한 고통 속에
눈물의 끝자락에도 웃음이 찾아오기에
사랑의 흔적을 발견했을 때
마음의 짐을 풀어 놓고 싶다

너의 모든 것이 좋다

투정 부리고
심술 부려도
너의 모든 것이 좋다

순간 순간 얼굴이 떠올라
만나면 껑충껑충 뛰고 싶고
땅바닥을 구르며 깔깔 웃고 싶다

턱까지 차오른
외로움을 풀지 못하면
한 맺히고 캄캄해져
고스란히 슬픈 눈물만 쏟아진다

애타게 바라보다
덧없이 흘러가면
흔적만 외롭게 남는다

고독의 난간에 서 있던 기다림도 치쳐
그리움이 샘솟듯 솟아나면
다시 한 번 마주 바라보고 싶다

2부

사랑한다
말하지만

사랑한다 말하지만

사랑한다 말하지만
살짝 몸 돌려 피하는 걸 보면
모든 것이 다 거짓입니다

쭈뼛쭈뼛 힐끔힐끔 실실대다가
수다 떨 듯 요란하게 떠들며
수없는 말들을 내뱉어도
허망하고 부질없는 것입니다

키득키득 혼자 좋아 웃고
엉뚱한 짓 하듯 꾸며 내고
토해 내듯 푸념하듯 쏟아 내던
말들은 하나도 남김없이
종적을 감추고 떠나가 버렸습니다

너무 약해 빠진 사람처럼
내 마음을 에워싸듯이 강요하던
사랑을 고백할 수 없었던 것은
사랑하지 않았기 때문입니다

진정 사랑한다면 따뜻한 마음으로
뜨거운 심장에서 쏟아지는
꾸밈없이 진실한 마음으로
정직하게 대답해 주고 싶습니다

낯선 바람

화냥기 가득한 바람이
마음을 콕 찍어 흔들어 놓으면
질펀하게 놀아 보고 싶다

거세게 불어닥쳐
힘껏 움켜잡으면 어쩌질 못해
잰걸음으로 달려가 살풀이라도 하고 싶어
침을 꿀꺽 삼켰다

멈출 수 없는 호기심 속에
흔들리던 모든 것들도
세월이 지나고 나면
원망 가득한 눈빛으로
세상 끝 어디에선가 흔적도 없이 다 사라진다

나긋나긋하던 웃음도 거둔 채
바람처럼 떠난 날들을 생각하며
빈손을 바라보며 웃는다

바람결 따라 흔들리고 싶었는데

허공이라 붙들지도 못했는데
마음의 창문조차 닫아 버리고 떠났다

예정된 운명처럼 가라앉고
잊힌 줄 알았는데
또다시 낯선 바람이 불어오고 있다

떠나가면서 남긴 말

떠나가면서 남긴 말
"행복하세요!"

이 한마디 속에
얼마나 많은 아픔과
고통이 있는 줄 알고 있습니다

떠날 수밖에 없는 나도
할 말은 똑같은 말입니다
"행복하세요!"

싫어서 떠나는 것도
미워서 떠나는 것도 아니기에
만나는 동안 행복했습니다

다시는 만날 수 없어
등 돌리고 떠나면서
나눌 수 있는 말은 똑같습니다
"행복하세요!"

마음속 깊은 곳에서
친절과 너그러움으로
누군가를 기억해 준다는 것은
행복한 일입니다

한순간

유혹의 함정에 빠져
단 하룻밤의 욕망으로
고장난 수도꼭지가 되어
행복했던 삶이 와르르 무너진다면
얼마나 불행한 일인가

수없이 갈등을 느끼더라도
시야를 잃고 감각을 잃어
끼어들다 들키기보다
자신을 위하여
최선의 길을 선택해야 한다

단 한순간 아슬아슬한 잘못된 선택으로
깨어진 유리창처럼
행복이 산산조각 난다면
비난과 조롱 속에 얼마나 고통스러운 일인가

욕망과 욕구 사이에서 헤매며
수없이 번민이 오가더라도
가족을 위하여 행동거지를 바로잡고

참 사랑의 길을 선택해야 한다

한순간의 욕망에 매몰시켜 버리는
한순간의 실수가
섬뜩해지는 최악의 불행을 만든다

바람이 남긴 것

바람이 남겨 놓은 것은
아무것도 없다

마음의 매듭을 풀어 놓고 싶었지만
가슴에 담을 것도
손에 쥘 것도 없다

한동안 가면을 쓰고
진실처럼 다가왔지만
남은 것은 허무뿐이다

한동안 위장해
행복처럼 다가왔지만
남은 것은 상처뿐이다

바람이 최후로 남긴 것은
보이지 않는 곳에
처참하도록 찢어 놓은 상처뿐이다

시련의 늪

유혹의 혀가 만든 목소리와
광기 어린 눈짓과 섹시한 몸짓으로
욕망이 솟구치게 하고
심장까지 생불 붙게 하더니
심상치 않은 눈빛 보이며 떠났다

옹색함마저 후벼 파 속 끓여 놓고
경련이 나도록 괴롭히며 유유자적하던
가칠한 속을 훤하게 들여다보고 싶었다

뛰쳐나온 외로움에 온몸이 떨려
타인의 슬픔보다 더 커 보일까봐
깊은 한숨 쉬며 부석부석한 심사를 달랬다

속내를 몰랐을 땐 풋풋함이 좋았고
마냥 즐거워하는 웃음소리가 듣기 좋아
때때로 코끝이 찡하도록 마음이 부풀었다

떠나 보내지 않아도 떠나 버리는 세월처럼
아무런 미련 없이 훌쩍 떠나가 버렸을 때

화끈하게 달아오르다 퍼석해진 무쇠처럼
오슬오슬하게 온기가 사라져 우울했는데
이 시련의 늪에서 빠져나올 수 있을까

먼발치에서 불러 보아도 대답이 없어
횡뎅그렁한 마음에 눈물마저 쏟아지는데
원망할 기색도 보이지 못하고
질긴 인연의 끈을 풀지 못해 서글프다

어떤 날

낡아 버린 신발을 신다가
구겨진 내 삶처럼 보여
울고 싶었다

봄날 햇살이 살아 춤추듯
아수라장 욕망이 뜨겁게 타올라
하늘만 알고
아무도 모르게
죄를 저지르고 싶었다

어수선하고 혼잡한 생각 속에서도
한심하다는 생각에
퍼뜩 정신이 날 만큼
온몸이 굳었다

고독한 날에 마시는 커피

고독이 가슴에 저며 오는 날
우울한 생각이 몰려와
후끈후끈 쑤셔 오던 상처가 곪아 터지면
왠지 모를 적막감에 휩싸인다

불러낼 사람 하나 없고
만나 줄 사람조차 없을 때
심한 충격에 어깨의 무거움이 느껴진다

자판기 커피 한 잔을 뽑아 들고
창밖을 바라보면 부쩍 생각 나
컵까지 질근질근 씹어 가며 마신다

막막한 외로움이 실핏줄까지 퍼져
가슴에 온통 응어리가 뭉치면
엉켜 있던 서러움의 찌꺼기들과
으슥한 구석에 쌓여 있던 울분을 떨쳐 버리고 싶다

손끝에 와 닿는 것 하나 없고
뼈가 시릴 때 어색한 웃음 속에

고독이 진득진득 달라붙을 때
친구가 되어 주는 커피가 눈물 맛이다

한여름

불볕더위 속에서도
매미는 지치도록
더위조차 후벼 파놓듯
자지러지도록 울어댔다

무엇이 그리도 못마땅한지
울고 또 울어도
나무는 함께 울지 않았다

매미 혼자 마음껏
울도록 내버려 두었다

나무는 뼛속이 아프도록
속울음을 울고 싶은 날을
알고 있었다

서러움

그럴 수도 있다
누구나 약점도 있고
실수를 한다

몰랐다
꼼꼼한 배려를
생각하지도 못했다

말 한마디가
얼마나 눈물 나도록 행복하게 만드는지
말 한마디가
얼마나 돋보이게 하고 소중한지 몰랐다

그때 위로해 주는 말 한마디만
감싸 주는 말 한마디만 했다면
오랜 세월이 흘렀어도
감사하다는 말을
고맙다는 말을 할 수 있다

잊혀졌다는 것이

서러운 것이 아니라
외면당했다는 것이 서럽다

바다를 바라보며

거센 파도가 바위에 부딪칠수록
영혼마저 흔들어 놓아
감각이 생동하고 가슴이 확 터진다

바다를 사랑하는 것은
몰아칠 때마다
시리고 찌든 가슴을 씻어 내고
시름마저 잊게 해주는
파도를 좋아하기 때문이다

얼마나 한이 많았으면 크게 입을 벌려
쉴 새 없이 깨물어대며 달려들까
몰아쳐 오는 파도를 바라보면
뻗쳐 오는 욕망이 무섭다는 것을 알 수 있다

바다는 저항하듯 슬프게 울어대는데
몰아치는 파도를
낭만적으로 바라보는 것은 무슨 이유일까

아주 작은 흔들림에도

절망에 빠져 있을 때는
아주 작은 흔들림에도
가슴을 쥐어뜯는 자극 속에
쏟아질 듯한 눈물조차 억누르고
비명조차 지를 수 없도록
힘들었다

술 먹는 남자

눈빛이 외로운 사내가 대포 집에서
허공 한 번 바라보고
술잔 한 번 바라보며
깡소주를 홀짝홀짝 마시고 있다

살기가 아등바등 힘든 탓일까
애처롭게 다 풀어진 눈빛으로
술잔을 목구멍으로 한 잔씩
넘길 때마다 온몸이 진저리를 친다

새끼줄 엮듯 얽어져 속이 터질 것 같아
설움이 가득 차 눈물이
고이는데 연거푸 마시는 술잔에
온몸이 단숨에 붉게 달아올랐다

사내의 텅 빈 마음을
아는 듯 모르는 듯
소주병도 서너 병 통째로 비어 있다

섭섭함과 분노를 씻으려고

빈속에 술을 붓고 있는데
은근히 부아가 나 견딜 수가 없는데
흘러가는 세월이 잔인하게
사내 얼굴에 주름 하나 더 만들어 놓는다

설움이 가득한 날

꽉 잡은 것 놓쳐 버린 듯
막연한 슬픔이 가득한 날은
어깨가 짓눌리고 힘에 겨워
한숨이 천장에 걸리고
머리통이 터져 나갈 것 같다

거친 숨 힘껏 몰아쉬며
모진 목숨마저 꺾어 놓아야 할 텐데
가슴에 맺힌 한이 잇달아 부딪쳐
힘없이 저당 잡힌 몸이 되었다

극도로 예민해진 마음 한 번
제대로 달래 보지도 못하고
시련 속에 울음을 배운 탓인지
아무 때나 고이는
눈물을 애처롭게 흘린다

밀리고 떠밀려서 꽤 잔혹하게
트집 잡히고 발목 잡혀 살아온 듯
충격과 혼란을 몰고 와

지겹도록 한이 될 텐데
눈 질끈 감고 실컷 울어야
슬픔의 계단에서 내려올 수 있을 것 같다

1994 지훈

한밤중에 내리는 비

한밤중에 내리는 비는
분명 무슨 이유가 있다

슬픔의 깊이를 알 수 없고
슬퍼하지 않을 수 없어
가슴의 고통이 쏟아져 내리는 것은 아닐까

찢겨 나가고 할퀸 상처가
감당할 수 없도록 너무나 커서
이 어둠 속에서 미치도록
몸부림치며 울고 있는 것은 아닐까

세상의 모든 것들이 다 달아나고
세상의 모든 것들이 굳게 닫혀 있어
서러움이 복받쳐서 울고 있는 것은 아닐까

갈등의 흔적조차 사라지고
떠나가 버린 사랑이 안타까워
홀로 남은 고독에 울고 있는 것은 아닐까

한밤중에 내리는 비는 먹물 빛이다
갉아먹어 까맣게 타버린 안타까운 감정을
너끈하게 담아 쏟아져 내린다

기다림이 없었다면

보고 싶다
맨얼굴만이라도
먼발치에서 한 번 보고 싶다

가볍지 않은 발걸음으로 떠났지만
내 마음을 휘감아 돌고 돌아
서럽게 눈물이 나게 하니
한 번만이라도 보고 싶다

이대로 놓치고 나면
다시는 볼 수 없을 것만 같아서
스쳐 지나가듯 꼭 만나고 싶다

떠난 이유를 일찍 알려 주지 않아
가슴에 한이 맺히고 맺혀
살아서 꼭 살아서
사랑할 수만 있다면 얼마나 좋을까

지울 수 없어 밑바닥이 드러나는
그리움이 애처롭다

기다림이 없었다면
내 가슴이 움푹 패여 절망하고 말았을 것이다

고독

내 마음을 헝클어 놓은 감정에 매달려
떠나지도 못하고 버리지도 못해
숨조차 돌리지 못하고
끝도 없이 고달프게 맴돈다

권태로운 표정을 지으며
고탑지근한 머릿속을
집요하게 파고드는
상상이 몰고 가는 대로
마음의 발을 지킬 고집이 없다

거칠고 냉혹한 가시 돋친 눈초리를
눈물 젖은 눈으로 바라보며
얼굴이 사색이 되어
까무러치게 떠나고 싶은
까칠하고 처절한 절망이다

공포

스스로 저지른 일에
스스로 올가미에 갇혀
보이지도 않는 눈빛이 차갑다

선뜩한 수많은 상상 속에
반들반들 닳아 종잡을 수 없는
공포심과 두려움이 한기를 몰고 와
온몸에 소름이 돋는다

아무것도 분간할 수가 없고
무슨 일이 일어나고 있는지 모르겠다
생각이 엇갈리고 무엇을 해야 할지
도무지 갈피를 잡을 수 없다

심장에 나사를 조이듯 조여들어 와
고통스럽게 숨을 죽이고 있는데
빛이라고는 보이지 않는다
모두 다 어둠뿐이다

놀란 토기마냥 옹색한 기색으로 가득해

벼랑 끝에 몰린 듯
마음의 문고리가 잠겨 열리지 않는다

허무

캄캄한 절망에 방치되지 않고
머릿속이 혼란스럽지 않게
잔잔하게 조용히 살고 싶다

자아마저 망각하지 않고
끔찍하고 지저분한 마음 가다듬어
편안하게 살고 싶다

짓궂은 놀림에 시달려
처연하게 기죽고 풀이 죽어
무력하게 살고 싶지 않다

혼돈스럽게 비비 틀어 올려도
감정에 휘말려 꼬이지 않고
다 잘 풀어 나가며 살고 싶다

끝내 다른 곳으로 눈 돌려도
꼼꼼히 다시 읽어 보며
숨죽여 지켜보려고 해도
야박하게 세월만 흘러간다

3부

당신을 기다리고
있습니다

미련

기막혀 울도록
못 잊을 사랑인 줄
알지 못했다

세월에 깎이고 닳아
뿔뿔이 흩어져 버리고
섞갈리고 얽혀 버려
아주 까마득하게 잊혀진 줄 알았다

어느새 우물쭈물 늦추기만 하다가
다 놓쳐 버리고 말았다

금방이라도 있던 일처럼
또렷하고 생생하게 살아남아 있어
정신적 압박에서 풀려날 수가 없다

다정한 한때를 보냈기에
몸과 마음이 멀리 떨어져 있어도
그리움 탓에 새순 돋듯
기억해 줄 날이 밝아 올 것이다

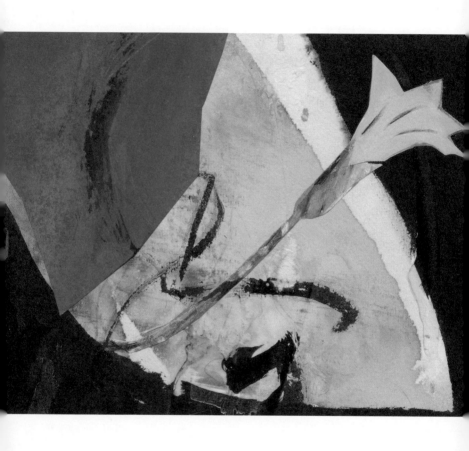

나는 행복한 꿈에 빠져든다

시간의 눈 속에서 너를 보았다
네가 있는 곳 가는 곳에
나의 시선이 찾아간다

너의 눈망울 속에 살아 있는 동안
옛 기억을 일일이 짚어 가며
가물가물해지는 일몰까지 남아 있고 싶다

사랑한다는 것은
모든 것을 볼 수 있는
눈을 갖는 것이다

사랑한다는 것은
모든 것을 감싸줄 수 있는
마음을 갖는 것이다

곰살갑게 다가오는 너를
몸짓으로 읽어 내리며
가뿐하게 마음을 훔치고 싶다

충분치 못해 너무나 아쉬운
사랑이 남긴 흔적의 부스러기가
그리움이 되고 말았다

당신을 기다리고 있습니다

당신을 기다리고 있습니다
그리움이 송곳처럼 찔러 들어와
오늘쯤은 오지 않을까
창밖으로 자꾸만 눈이 갑니다

세월이 흐르면
그리움도 사라지고 마모될 줄 알았더니
아직도 잔향이 남아 있어
미치도록 그리워집니다

지금 어디쯤 계십니까
짧은 눈인사도 없이 도망치듯
떠나 버린 당신을 기다리다 견디지 못해
달려가고만 싶습니다

빼곡할 것만 같았던 삶의 시간들도
허전하도록 자꾸만 짧아져 가고
미련은 마음의 능선을 넘어가는데
어긋난 기다림이 고조되면 병이 됩니다

당신을 기다리고 있습니다
삶의 지루함에서 벗어나
마음의 칸막이를 뜯어내고
남은 세월에 걸맞은 사랑을 하고 싶습니다

궁상 떨기

바람조차 멎고 고요한 날
삶이 낡고 지겨워지면
오늘은 뭘 할까
괜한 생각을 끌어다 놓고
이리저리 굴려 보며
장난치듯 즐기듯
쓸데없는 궁상만 하다가
하루해가 져버렸다

홀로 남아 있던 날

홀로 남아 있던 날
마음을 톡 쏘는 그리움이
끔찍한 기억이 되어 서로 삐걱거려
미치도록 외로워서 들리지도 않을
속울음을 울었다

눈물범벅이 되도록 외로울 때는
서글서글한 눈빛으로 대해 주는
아주 작은 친절에도
마음이 가분하도록 감동한다

환장하도록 삼킬 수도 없는 절망 속에
끈덕지게 감겨 오는 외로움은
야박스럽고 우울하고 안타까운
치유할 수 없는 서글픈 상처다

추억 속에 찔러 넣었던
그리움이 파도치듯 밀려올 때면
투명한 마음에 자맥질이라도 하고 싶어
마냥 뿌듯해졌다

외로움이 절박해 가슴이 뜨거울 때면
쓸쓸함이 몰려와
영원히 간섭할 수 없도록
흩어져 버린 사랑이 사뭇 섭섭했다

환상

거리를 걷다가 무심결에
생각이 났다

너였다
분명히 너였다
그토록 그리워했는데
내 눈앞에 보이는 것이
바로 너였다

너를 만나고 싶어
목이 빠삭빠삭 말라 왔지만
숨이 멎도록 달려갔다

너는 야박하게 사라졌다
찾을 수가 없어
엄습해 오는 고독에
한동안 아무것도 할 수 없었다

담배 피우는 여자

카페에 홀로 앉아
창밖을 바라보며
담배를 피우는 여자
눈에 확 띌 만큼 관능적 몸짓으로
시선을 끌어당긴다

뒤통수 치고 달아나
지워 버렸던 일들이 다시 생각났을까
숨어 버린 줄 알았던
그리움이 튀어 나왔을까
긴 담배 연기 속에
한숨을 독처럼 뿜어내고 있다

고통의 사슬에 친친 감겨
갈라질 대로 갈라진 마음에
못 박아 놓은 듯
갈등의 골이 깊어
엉클어진 것을 풀고 열고 싶었을까

지리멸렬한 일상에 흥미를 잃어

따분하게 타들어 가는 가슴이
아리고 아파 아픔을 털어내듯
손끝으로 재를 톡톡 털어내고 있다

가을 소식

귀뚜라미가
울기 시작했습니다

주위를 살펴보세요

어디선가
가을의 얼굴이
보이기 시작할 것입니다

가을이 만드는 풍경

방금 염색해 걸어 놓은 듯한
파란 하늘은 점점 더 높아만 가고
구름 한 점 한 점이
그리움 끝없이 커갑니다

솜사탕 같아만 보이는
구름 한 조각
손 내밀어 한 움큼 떼어 내
맛보면 달콤할 것만 같습니다

구름이 한동안 반란을 일으켜
한바탕 비를 쏟아 내더니
파란 하늘에 구름 두둥실 떠다닙니다

구름이 모여 비가 내리는 날이면
그리움도 함께 비가 되어 내리기에
고독이 나를 이끌어 가면
마음 한 자락 내비치고 싶어집니다

오랜만입니다

오랜만입니다
참 오랜만입니다

이렇게 우연히 만날 줄은
몰랐습니다

가끔씩 생각이 나면
그리워지기도 하고
가끔씩 생각이 나면
전화도 걸고 싶었습니다

잘 살겠지
아마 잊혀졌을 거야
생각도 나지 않겠지
생각하며 살았습니다

이렇게 반가울 줄은 몰랐습니다
이렇게 좋을 줄은 몰랐습니다

또다시 헤어지면

이 땅에 사는 동안 다시 만날 수 있을까요
벌써부터 미련이 생깁니다

오랜만입니다
참 오랜만입니다

여물지 못한 사랑

세월이 흘러가면 씻어 내린 듯
지워 버린 듯 잊혀질 줄 알았더니
고스란히 간직하고 있었습니다

비 오는 날이면
이별의 슬픔이 고갈되지 않고
조각조각 드러나 생가슴 저미도록
생각날 줄은 정말 몰랐습니다

오며 가며 만난 사람인 줄 알아
정조차 준 줄 몰랐기에
기억 속에 남아 있는 줄 몰랐습니다

살다가 살다가
몹시도 외로운 날이면
성큼성큼 흘러들어 온 사랑이
그리워지고 보고 싶어집니다

그리워지는 이유를
보고 싶은 이유를

나도 모르겠습니다

또다시 세월이 흐르고
오늘도 비가 내립니다

여물지도 꽃피우지도 못한
사랑이 더욱 그리워
그리움을 묶어만 둘 수는 없습니다

행복하기를 바라는 마음

세월이 가파르게 흐른 탓일까
그리움이 절실하게 두드러져
끊임없이 괴롭힘을 당했다

세상은 춥고 황량하지만
부르고 찾지 않아도
머릿속 상상만 가득해
구름이 해를 가리우듯 잊혀질까
찬 바람이 쌩쌩 불어닥쳤다

편협한 마음으로 만났기에
울며 매달리지 못하고
허깨비 장난치듯 사랑을 했다

평생토록 언제든지 만나겠다는 말조차
장난기만 가득한 거짓이라
끊어지고 풀려 버린 약속은 차갑고 쓸쓸하다

실연의 그림자가 길게 늘어질수록
흉허물 없이 지내던

서글서글한 모습이 떠올라
가슴의 복받침을 억누를 수가 없다

계절이 바뀌어감에 따라 새로워지듯
숱한 편견들과 싸워 이겨 나가며
수많은 굴곡 속에서도
무한한 감동이 있기를 바라는 마음이다

추억거리

끊임없이 밀려드는 고독에
마음마저 바닥에 푹 가라앉을 때
뼛골까지 흘러 다니는
그리움을 어찌 탓하는가

힘이 들고 가슴이 아프더라도
행복할 때 자지러지게 웃는 모습이
눈망울에 자꾸만 어른거려
한 걸음씩 한 걸음씩 곁으로 다가가고 싶다

고민거리, 걱정거리, 근심거리로
꼬깃꼬깃하고 너저분하게 만들기보다는
입가에 웃음이 묻어나는
추억거리를 묶어 놓으며 살아가고 싶다

흘러가는 세월에 탄력조차 잃어 버리고
사랑마저 슬픔 한 조각이라면 던져 버리겠지만
숨이 막힐 듯 저려 오는 상처를
도려내는 아픔이 오더라도
사랑이 전설이 되기보다는

내 마음의 쉼터가 되기를 원한다

내 마음의 공간 공간마다

내 마음의 공간 공간마다 아픔이 가득할 때
넉넉하고 가득하게
생동감을 느낄 수 있도록
채워 놓고 싶은 것들이 있다

내 마음의 골목 골목마다 어둠이 내릴 때
서성거리고 절망하고
까마득해 괴로워하던 일들도
풀어 놓으면 마음이 편안하다

뜯어 놓고 갈라 놓고 살면
천 년을 산다 한들 무슨 소용이 있는가
마음 붙이고 정 붙이고 살면
단 하루를 살아도 행복하기만 할 텐데

무슨 원한이 있기에
무슨 곡절이 있기에
썩고 죽을 목숨 생불 태우듯
남의 마음 아랑곳하지 않고 염장 지르며
피 말리고 살아갈 필요가 있는가

방황을 끝내고 몸 섞고 살아가며
넉넉한 마음으로
서로 토닥여 주고 감싸 주고 살면
불행할 이유가 어디에 있는가

괴로움의 껍질을 벗겨 내고 훌훌 털어 버리면
내 마음의 공간 공간마다 사랑과
행복이 가득하게 채워진다

그래 살자 살아 보자

그래 살자 살아 보자
절박한 고통도 세월이 지나가면
다 잊히고 말 테니

퍼석퍼석하고 처연한 삶일지라도
혹독하게 견디고 이겨 내면
추억이 되어 버릴 테니

눈물이 있기에 살 만한 세상이 아닌가
웃음이 있기에 견딜 만한 세상이 아닌가
사람이 사는데 어찌 순탄하기만 바라겠는가

살아가는 모습이 다르다 해도
먹고 자고 걷고 살아 숨쉬는 삶에
흠 하나 없이 사는 삶이 어디에 있는가

서로 머리를 맞대고 열심히 살다 보면
눈물이 웃음 되고
절망이 추억 되어 그리워질 날이 올 테니
좌절의 눈물을 닦고 견디고 견디면서

그래 살자 살아 보자

보름달

누가
어둠이 꽉 찬 밤하늘에
하얀 박 등 하나 걸어 놓고
환하게
불 밝혀 놓았을까

4부

당신이 있어
행복합니다

그냥 그렇게 살아가는 거야

그냥 그렇게 살아가는 거야
뭐 그리 대단한 것 같아도
다 떠나 버리면 잊히고 말 텐데
빈정거리고 비웃고 잘난 척하며
목에 힘주고 까다롭게 산들 무엇하나

독설을 퍼붓고 남의 것 내 것 만들어 가며
핏물이 낭자하게 할퀴고 으르렁대고
속 까뒤집고 난리 쳐도 제 발등 찍는 일인데
허풍에 빠져 살아서 무엇하나

비굴하지 않고 담박하게
피 땀 눈물에 젖은 삶을 살아야
가슴 탁 트이고 기분이 좋아
회포 풀어도 기분 날아갈 것 같지

끈덕지게 달라붙으면 대단할 듯 보여도
모두 다 사라지는 안개처럼 헐벗고 말 텐데
한 치 앞도 알 수 없는데 웃으며 살아야지

힘겨운 삶에 시원한 바람 한 줄기 불어오도록
고탑지근하게 부질없이 탄식하지 말고
떠나간 것들보다 남은 것들을
서글서글하게 정붙이고 살아가야지

추억

모래알 한 줌 꼭 쥐었다가
다 쏟아 버린 듯
지나간 날들 속에 남아
마음의 가장자리를 흔들어 놓는
그리움이 남긴 조각들

세월이 어렴풋이 흘러간 뒤에
언제나 가까이 펼쳐 놓아도
기분 좋은 기억들

들꽃이 되어 살다가

아득하고
먼 길만 같았는데
살다 보면 꿈같은 세월이다

피 말리던 처절한 고통도
한순간 불태울 것 같았던
열정적인 사랑도 잠시 잠깐이다

목울대 울리는
비참함을 느껴 본 사람만이
행복의 굴레에서
가슴 따뜻한 기쁨을 느낀다

꽃이 없다면 얼마나 삭막할까
웃음이 없다면 얼마나 비참할까

들꽃으로 피어나
들꽃이 되어 살다가
들꽃으로 죽고 싶다

맨발이 되면

내가 갈 곳을 항상 가주는 발
양말을 벗어던지고
맨발이 되면 홀가분해지고
압박감이 줄어든다

걱정거리가 있을 때
웅크리고 앉아서
맨발을 보고 있으면
때론 불쌍하고 안타까워 보였다

맨발이 되면
얼토당토않은 일에
과장할 필요도 비굴해질 필요도 없다

내 마음의 뿌리와 같은
맨발을 보고 있으면
내 불만까지 다 들어주는 것만 같아
마음이 차분해진다

때로는 심장의 뜨거운 열기보다

맨발의 차가움이
더 현실적이고 사실적이다

사람 사는 거 다 그런 거야

산다는 걸 너무 괴로워하지 마
사람 사는 거 다 그런 거야
잘난 사람 못난 사람 너나 할 것 없이
입술을 깨물며 그렇게 살아가는 거야

산다는 걸 너무 훌쩍거리며 슬퍼하지 마
고상한 듯 보여도 아픈 건 아픈 거야
암병동에서 죽음을 거부하는 사람을 보면
삶이 얼마나 소중한지 알 수 있는 거야

피곤에 찌들고 힘들어도 너무 아파하지 마
잘난 듯 보여도 초라한 구석 있는 거야
큰 집에 사나 작은 집에 사나
속사정 알고 보면 다 똑같은 거야

산다는 건 아름다운 거야
죽음의 굴레 찾아오면 짐승 밥 되거나
뼛가루 되어 어느 산 어느 강에 뿌려지고 말 텐데
염장 지르고 눈 부릅뜨고 살아서 무엇하나

미치도록 괴로워도 너무 절망하지 마
독하게 마음먹고 허리 질끈 동여매고
이마에 땀 흘리며 살다 보면
너털웃음을 웃을 날도 올 거야

희망을 가져라

비 온 후 맑은 하늘에
태양의 빛이 더 강렬하듯이
고통도 바람처럼 없는 듯 사라진다

희망은 언제나 있는 법
분노를 잠재우고
두려움에 머물러 있지 말아야 한다

압박으로 지친 마음에도
희망은 언제나 새순처럼 돋아나
순간 순간마다 싹이 나고 자라나
수많은 열매를 맺는다

포기하고 싶다는 마음이 들 때
성질을 내고 핏대를 세우며 소리치지 말고
모든 것을 희망으로 바꿔야 한다
생각을 바꿔 행동으로 옮기고
긴장을 풀면 기분이 좋아지고
새롭게 선명하게 드러난다

거짓 속삭임과 헛된 욕망에서 벗어나
절망이 닻을 내리기 전에
붐비고 소용돌이치는 삶에서도
생생하고 분명하게 희망을 말해야 한다

확신을 가질 때, 막혔던 것들은 터지고
무너진 것들도 다시 세워진다
눈물 발자국 딛고 일어서며 웃고 살아야 한다

내일을 바라보며
가슴 설레고 빛나게 하는
희망을 만들어가야 한다

당신이 있어 행복합니다

당신이 있어 행복합니다

짧았던 삶이 오래도록
크고 진한 감동으로 남아
뜨거운 찬사를 보내고 싶습니다

삶에 열정을 쏟아내어
멋진 걸작품으로 만들었기에
수많은 감탄사가 저절로 나옵니다

남겨 놓은 흔적이 아름다워
오래도록 가슴에 남아 있기에
모든 사람들에게 그리움이 됩니다

오랜 세월 흐르는 동안 변함없이
남을 위해 희생을 아끼지 않았기에
어둔 세상에 등불이 되어 줍니다

살아간 모든 순간들이 얼룩짐 없이
깨끗하고 순수하고 고결하기에

본받고 싶은 아름다운 사람입니다

당신이 있어 행복합니다

죽음

그림자 되어 쫓아다니는 줄
알았더니
어느 사이에 앞서서
오라 손짓하고 있다

턱 앞에 도사리고 있는 것을
모른 척 살아가지만
눈앞에 보이기 시작할 때
두려움을 담아 두면 초라해진다

누구도 피할 수 없게
먹구름보다
더 짙은 고독의 그림자가
착 달라붙어서
혀로 살갗을 핥듯
가장 가까이 있다

어떤 친구

오랫동안 소식 한 번 없더니
오래간만에 전화해서
밥 한 번 사라고 한다

오랫동안 소식 한 번 없더니
오래간만에 전화해서
돈 빌려 달라고 한다

오랫동안 소식도 없더니
오래간만에 전화해서
초상이 났다고 오라고 한다

오랫동안 소식도 없더니
오래간만에 전화해서
자식이 결혼한다고 오라고 한다

오랫동안 소식도 없더니
오래간만에 전화해서
이혼했다고 서러워 만나자고 한다

오랫동안 소식도 없더니
전화 한 번 안 하더니
저승길로 혼자 훌쩍 떠나가 버렸다

다섯 손가락

꽉 쥐면 쥘수록
남아 있는 것은
속 좁은 욕심과
빈 껍질만 남는 허무뿐이다

베풀고 나눌수록
남아 있는 것은
우렁차게 마음에 와 닿는
큰 기쁨과 감동이다

참 고맙습니다

내 속마음을 알아주니
그 넓은 이해해 주는 마음이
참 고맙습니다

내 사랑을 다 받아 주니
그 푸근하고 따뜻한 배려가
참 고맙습니다

내 말을 잘 들어주니
그 열어젖힌 마음의 겸손함이
참 고맙습니다

나의 모든 것을 인정해 주니
그 한없이 여유로운 마음이
참 고맙습니다

나의 모자람조차 칭찬해 주니
그 부족함이 없는 넉넉한 마음이
참 고맙습니다

나와 늘 항상 함께하여 주니
그 곁에서 동행해 주는 마음이
참 고맙습니다

당신을
기다리고
있습니다

초 판 1쇄 발행 2009년 3월 18일
초 판 5쇄 발행 2013년 4월 22일
개정판 1쇄 발행 2016년 6월 26일

시 | 용혜원
그림 | 최지윤
펴낸이 | 한순 이희섭
펴낸곳 | (주)도서출판 나무생각
편집 | 양미애 양예주
디자인 | 오은영
마케팅 | 박용상 이재석
출판등록 | 1999년 8월 19일 제1999-000112호
주소 | 서울특별시 마포구 월드컵로 70-4 (서교동) 1F
전화 | 02)334-3339, 3308, 3361
팩스 | 02)334-3318
이메일 | tree3339@hanmail.net
홈페이지 | www.namubook.co.kr
트위터 ID | @namubook

ISBN 979-11-86688-50-2 03810

국립중앙도서관 출판예정도서목록(CIP)

당신을 기다리고 있습니다 / 시: 용혜원 ; 그림: 최지윤. ―
개정판. ― 서울 : 나무생각, 2016
    p. ;   cm

ISBN 979-11-86688-50-2 03810 : ₩10000

한국 현대시[韓國現代詩]

811.62-KDC6
895.714-DDC23   CIP2016014283